新修嶽麓書院誌

清·趙　寧　纂修

廣陵書社

中國·揚州

圖書在版編目（CIP）數據

新修嶽麓書院誌 / (清) 趙寧纂修. — 揚州 : 廣陵書社, 2010.4

ISBN 978-7-80694-512-4

Ⅰ. ①新… Ⅱ. ①趙… Ⅲ. ①書院—簡介—湖南省—清代 Ⅳ. ①G649.299.64

中國版本圖書館CIP數據核字(2010)第068992號

ISBN 978-7-80694-512-4

9 787806 945124 >

新修嶽麓書院誌

纂　　修　(清)趙　寧

責任編輯　胡正娟　胡　珍

出版發行　廣陵書社

社　　址　揚州市文昌西路雙博館

郵　　編　二二五〇一二

電　　話　(〇五一四)八五二二八〇八八　八五二二八〇八九

印　　刷　揚州文津閣古籍印務有限公司

版　　次　二〇一〇年四月第一版第一次印刷

標準書號　ISBN 978-7-80694-512-4

定　　價　壹仟貳佰圓整(全捌册)

http://www.yzglpub.com　E-mail:yzglss@163.com

前言

嶽麓書院在湖南長沙嶽麓山下，背靠靈麓，前帶湘江，左擁鳳凰，右攬天馬，蒼山碧水相映，茂木清泉交織，幽静閑曠，風景獨好，誠爲湖湘第一名勝，天下讀書聖地。書院創建于宋開寶九年（九七六），甫四十年，即以講學、藏書、祭祀、學田等規制齊全，山長學行兼善，生徒達至數百，而得宋真宗皇帝召見山長，賜額賜書之嘉奬。于是，鼓笥登堂者不絶于途，稱名遐邇，號爲天下四大書院之首。後依三舍之法，而居潭州州學、湘西書院之上，以『潭州三學』積分升等之式而確立地方高等教育中心地

位。南宋前期，張栻主教，朱熹講學，更建，更使其成爲湖湘學派基地，全國四個學術中心之一，生徒雲集，致有『書院一千徒』時諺流傳，可謂盛況空前。從此，弦歌相續，學脉綿延，歷宋、元、明、清而迄于今，成爲舉世罕見之千年學府。

總結自身經驗教訓，編輯刊刻史誌，實乃千年學府優良傳統。自明正德九年（一五一四）刊刻山長陳論《嶽麓書院誌》十卷始，歷明、清兩代，近四百年間，院誌輯刊，連續不斷，計有嘉靖七年（一五二八）刊知府孫存《嶽麓書院圖誌》一卷，萬曆二十二年（一五九四）刊知府吴道行《重修嶽麓書院圖誌》十卷，崇禎六年（一六三三）刊山長吴道行《嶽麓書院

誌》十卷，清康熙二十七年（一六八八）刊同知趙寧《新修嶽麓書院誌》八卷卷首一卷，同治六年（一八六七）刊山長丁善慶《續修嶽麓書院誌》四卷卷首、卷終各一卷，同治十二年（一八七三）刊山長周玉麒《嶽麓續誌補編》一卷。

以上所列，正德、嘉靖、崇禎三誌，已不見傳本，萬曆誌遂成現存最早版本。此書今藏臺北『中央』圖書館，實屬海内僅存孤本，彌足珍貴。可惜刻似書帕，且字迹模糊不清，間有脱頁倒簡，難以卒讀。其餘各誌，後出轉精，其中尤以康熙誌既據崇禎誌增删釐正，盡收明誌精華，又組織同纂、司輯、參訂、考訂、參考者百餘人廣爲徵輯搜討，細爲讎勘折衷，而得

稱作精品。

趙寧《新修嶽麓書院誌》收入《四庫全書總目》，題作《嶽麓誌》八卷，記其成書時間爲康熙丁卯（二十六年）。自此，各書著録皆作康熙二十六年（一六八七）刻本，其實不然。今查卷七就收有趙寧自己康熙二十七年三月所作《自卑亭記》，故其刊刻時間，至少也得記作康熙二十七年。

《康熙嶽麓誌》至少有初刻本、增補重刻本、咸豐十一年（一八六一）重刻本三個系列傳世。初刻初印本已難覓踪影。今湖南圖書館等處所藏初刻本，又分黄紙本、白紙本二種。黄紙本扉頁模糊，頂框上有『丁大中丞鑒定』六字，刊印在前。白紙本扉頁清晰，頂框無字，以其不再打巡撫

丁思孔招牌推測，其刊印時間在後。黄、白二本扉頁皆標記『鏡水堂藏板』，且卷首各序或手書或大字，正文字體細長，版面則多有破損漫漶、模糊難辨者，顯然已非初印本。增補重刻本正文字體略顯方粗，且卷首各序不再用大字或手寫體，而改用正文字體重刻，以省篇幅。此本亦分兩種，通行者逞且不論，罕見者扉頁隸書『嶽麓圖誌』四大字，左側有『本院藏板』四小字，今藏北京大學圖書館，收入《續修四庫全書》。咸豐重刻本卷七收有湖南巡撫陸燿乾隆四十九年（一七八四）《請廣書院名額疏》，實則以增補本爲底本。故世所流傳者，大多爲增補重刻一系，初刻本已爲難得一見之物。

此次整理，以各家所藏康熙誌初刻本彙校，采用現代電子技術，清除糊漫，釐正倒脱，挖移配補者數千上萬處，雖有數十處初刻本無法配補者，不得不用增補重刻本替代，但就整體而言，已近初刻原貌。此所謂百衲千衲而成善本，若得認可，藏之名山，傳之後世，則不惟嶽麓之幸，且更爲整理者之大幸也！

朱漢民、鄧洪波謹記于嶽麓書院。時維二〇一〇年三月，歲在上章攝提格嘉月。

長沙郡丞趙菅亭彙

新修嶽麓書院誌書

鏡水堂藏板

詩賦藝文嗣備

湯又尹梓

序

古昔聖王設爲五品之教振民於飽暖之餘三代循是以建學而鐘鼓管絃以爲之器典謨雅頌以爲之文揖讓酬酢以爲之容詠歌講誦以爲之業其所以禁防而開發之者爲事甚詳而爲物甚備也

迨夫黨庠術序之漸衰後世自國學郡縣學以外無有推而廣之者唐宋以來始有書院之設然亦廢興無時或不能如夏殷成周之盛矣今遇
聖天子崇儒重道文教聿興海內喁喁向風凡扶桑日出之國咸願遣子入侍觀聽圜橋是

誠以治統而兼道統由虞唐
三代以後未有如
今日之至隆極盛者也猗歟休
哉余以謭材恭膺

簡命節制全楚於撫輯兵農興除
利弊之餘恒願化民成俗宣
揚
聖意故凡學宮之未及修葺條教

之未及詳明者鼓舞倡導之
不遺餘力唯日孜孜虔其未
逮幸而
帝德光被瀟湘江漢之間咸敦詩
書禮樂之訓而長沙趙郡丞
所輯嶽麓書院誌適於是乎
告成請序於余余按嶽麓爲
扶輿磅礴之氣綿亘數百里

上應朱鳥下據南離靈奇秘
怪窟穴其間書院之創則始
於宋郡守朱洞至南軒晦庵
諸先生設臯比橫經於此生
徒日數千人遂與嵩陽白鹿
並傳我
皇上頒賜
御書匾額經解講義于其內大道

昭揭如日月之經天江河之行地諸生匡坐鼓篋朝絃而夕誦之於以闡洙泗之微言發濂洛之奧義甚盛典也乃趙丞復能捃拾殘編蒐羅放失踵修前志粹美增華彙爲一書其亦可以上佐蘭臺石室之藏下補輿圖傳記之缺

厥功茂矣士之披覽是書者應不徒攷其山川靈異與夫名物器數而欣〻然講肄誦習率循朱張二夫子之教訓以仰承

聖朝菁莪棫樸之化其亦庶乎無負余平日之鼓舞倡導而相得爲益彰也余因舉其說以

識諸簡端而更爲多士勉之

時

康熙二十六年歲次戊辰二月

穀旦

總督湖廣等處地方文武事務

兼理糧餉兵部尚書兼都察

院右副都御史徐國相題

序

余秉節南楚經年之後倡諸同志修葺嶽麓書院規模既具條教漸陳始循故事疏請

院額經籍於
朝因通志載朱張講學之事未詳議令查覆於是備考新舊志書宋史及諸家文集所紀述

再疏申請繫我
皇上俞允
特命中翰恭齎
御書賜額暨經史講義諸書懸貯

其中
宸翰爛若雲霞講義明如星日眞
足以昭垂萬世而長沙趙郡
丞所修嶽麓誌適於是時告

成凡疆域沿革理學源流以及幽靈秘蹟雖微必錄比舊加詳蓋嶽麓之有誌自有明正德時學使陳君鳳梧始崇禎時吳生道行踵修之兵火洊經已爲煨燼四十年來無有討及此者趙郡丞因慨然掇拾殘編捜羅放佚增葺趾

美彙爲成書良亦勤矣或者
謂衡山爲五嶽之一嶽麓又
爲衡山七十二峯之一以天
下之大觀之宜若培塿然況

近奉
詔令郡國志乘輿圖雖山陬僻壤
罔有或遺金匱石室之藏豈
復需此作者之用心不亦過

乎余曰不然通誌合一省之郡邑故多而不及備府誌列十二州縣之名物亦畧而不獲詳即衡嶽一誌以節取七十二峯之勝槩則汎而不能專且嶽麓之重繫於書院皆諸儒明道繼統之地非宣登臨游覽之資也試俯仰以觀

古今之際自屈子賈生忠憤無聊發爲騷賦後之流連還弔世不已之人然猶託之詠歌藻麗以寄孤臣遷客之思至宋而朱公創建書院振起儒風則有濂溪先生出於道州首明聖賢性命之學繼往開來自是道統相傳龜山文定

南軒晦菴諸先生皆於此地講學設教造就生徒學者之盛至比瀟湘於洙泗豈一郡邑一山水所可擬議而衡量

者哉其規條整飭訓誡詳明至今讀之歷歷可爲士子法凡諸生之登斯堂者按此志以尋則先儒之流風餘韻若

或相遇於江山絃誦之間卽遐方髦士心雖嚮往未能身至於斯得此冊以觀恍然周旋揖讓於兹堂之内而得先儒精神志氣之所在亦足以陶淑性情擬求旨趣豈僅如少文所謂撫琴動操衆山皆響以傅臥游之樂而已耶則

此志之不可少而作者之意
固有在也至若山川草樹所
以供游衍而資多識固學者
所不廢其他奇蹤幻說雖無
關於儒術然故籍有之存而
不芟亦以見茲峯之大云余
慮觀斯志者有疑於或者之
說而泯纂輯之勤故揭其大

指而序之如此　昔

康熙二十六年歲次丁卯四

月中澣穀旦

進士出身巡撫偏沅等處地方

提督軍務兼理糧餉都察院

右副都御史丁思孔題

嶽麓書院志序

天下有四大書院而嶽麓居其一北繞洞庭南連衡岳巋然名秀之區

也自南軒晦庵兩先賢講道於斯四方學者接踵而至遂名聞天下歷元明來代有遷流而書

院迄今不廢豈山川之
靈歟抑志書所傳使後
之誦讀者鑑古可以知
今瞻前足以勵後也兵
燹之餘幾湮蔓草
大中丞丁公整躬率屬惓
惓以鼓舞人才為先務
爰葺講堂規模弘敞聿

興文敎多士景從殷然

有昌黎起衰之意焉我

皇上親灑御墨懸額學宮又

輯經書

頒行講院直欲使斯文正

脉道學淵源如旭日之

麗中天睹此曠典真足

觴三古而垂無窮矣長

沙趙郡丞好學深思欲以
當代盛事流傳永久於政
事之暇取先朝陳學使
之遺書更為網羅散帙
叅入新篇彙若干卷以
成院志余校讀數過見
其前有攷後有據書院

興廢一目了然将見是書行世上可備蘭臺石室之藏下可裨後賢學道之助不僅作區區記載之文也余樂觀厥成而書數言以誌之

康熙歲次丁卯清和四

月望日

湖廣湖南等處承宣布政使司布政使黄性震書於紫薇公署

嶽麓書院志序

五嶽惟衡爲最遠亦惟衡爲最峻上應朱鳥下踞離墟南指蒼梧西睨岷嶓旋而東顧如見匡阜前臨湘江九向

九背後繞洞庭時出時沒盪滌乾坤污穢開擴萬古之心胸所以聖賢豪傑往往出於其間亦地氣使然也山有七十二峰爭奇聳

秀綿亘蜿蟺以止於嶽麓
嶽麓者嶽山之足也嶽之有
麓猶陛之有級義取乎漸
也而書院即因其名而傳書
院之在宇內者有四其三不無

異同或曰嵩陽也睢陽也
或曰金陵也石鼓也並白
鹿嶽麓而為四今嵩陽
睢陽金陵石鼓俱湮沒無
聞獨白鹿暨嶽麓以朱子

故猶存嘗考之代盛時自鄉黨以達於國都皆有學自元子以至於士庶皆受學其所以居之者無異所以取之者無異路故學校之外

不聞另有書院之名漢初猶為近古諸儒以明經教于鄉聚徒講論各守師說迨其後始稍稍有學官弟子限以員數至於制舉之業與法益詳

密而人才反不逮於古可見教
學相長不由於心知而但拘
成法多格格不相入而况設官
置吏驅而從事者乎趙宋
祥符間有嶽麓山長周式

為國子主簿晉講王宮式
固謝不奉詔卒還山肆業
於初此有志之士所以不受繩
束托足名山自為師友而行
其意於制舉之外也回貝時

者宋有戚氏呂氏胡氏曾有孫氏石氏各自爲人師不苟合於世但不知曾設教書院與否姓名閱知於上與否史無聞文逸事不傳爲可惜爾之學校之設徧天下而書院僅存一二於廢墜之餘勢不能去學校而就書院但其所以爲教與所以爲學不過求言語文字之工以決科取利祿而已聖賢

脩己治人之道總所未講也賴衡嶽鍾靈篤生周子於道州以上接孔孟又百餘年廣漢張子家于潭新安朱子官於潭相與講習於嶽麓而

書院之名遂歷久而彌著已於為學之要則周子主靜張子求仁朱子居敬入門雖別而歸宿則一之我

皇上崇儒重道親題賜額曰學

達性天一懸周子祠堂一懸
嶽麓書院
丁大中丞仰承
上意建舍置田以贍來學負笈從
遊者接踵而至趙郡丞復搜

輯舊聞彙成新志俾前言
往行釐然可考予三復成書
而不禁慨然有動于中也曰三
代不易民而治亦豪傑不擇地
而興達天德者而後可以行

王道為真儒者而後可以輔
聖君之從學之士有能敎以求仁而
靜虛動直者乎若猶未也
則請從事於嚴威儼恪動
容貌整思慮正衣冠尊瞻視

之數語而下學上達焉之蹟
在望庶幾乎其若接不然
學校書院易地而處不易
習而居亦不過勦襲前言粉
飾裝綴以為能而並無躬行

心得之益其視彼決科取
利祿者相去幾何哉
康熙二十六年歲次丁卯冬
十月甲子
賜進士出身湖廣湖南等處提
刑按察使司按察使鄭端
撰

序

夫衡嶽之足曰靈麓雲興即雨取其靈也又曰嶽麓以茲山為衡嶽之麓也在長沙郡城西南渡橘洲數里拉山下有書院乃宋儒

朱考亭

張南軒二夫子講學之所雖世遠人湮而嶽麓之書院猶未墜者何耶或曰考亭

與南軒諸公講學于茲昭性
道之統其人傑地靈之謂歟
哉又曰稽古莫如鏡今考今
可以論古我
國家定鼎以來混一海宇潭

正祠而奉聲教者凡六十
餘年矣乃嶽麓書院歷經
兵燹韋而不玫銷爍殆盡
尚復輪奐改觀者賴有
丁大中丞公捐俸新之

力也長郡司馬趙君以董戒
之暇蒐羅遺蹟凡前賢之
片言隻字及時彥之短調
長篇悉皆琛若琬琰壽諸
梨棗彰徽音而揚風雅意

自不淺余備官茲土增儲未
秉之有作養人才之責尤
樂觀厥成也惟古帝王在上
守危微精一之傳以君道
而膺治統古聖賢在下本

戒慎恐懼之旨以師道而膺
教統今
天子建中和之極崇儒重道表
章六經孜孜黽勵精圖治屢
詔大小臣工興行教化思有以正
人心而厚風俗皆此物此志
也凡為子臣弟友者講天澤
之義將何以答吾
君誦溫清之文將何以報吾親
繹常棣之章伐木之什

又將何以疇多昆弟友生乎
必如是夙夜自問而後可
以告無歉也然則覽斯志
也誰非子臣弟友各宜孜知
力行庶幾無負

朱張二夫子講學明倫〻
本非僅為嶽麓山川志靈
異也姑約舉其說以告
采風者是為序
湖廣湖南督理糧儲道按

藩司副使加五級趙廷標撰

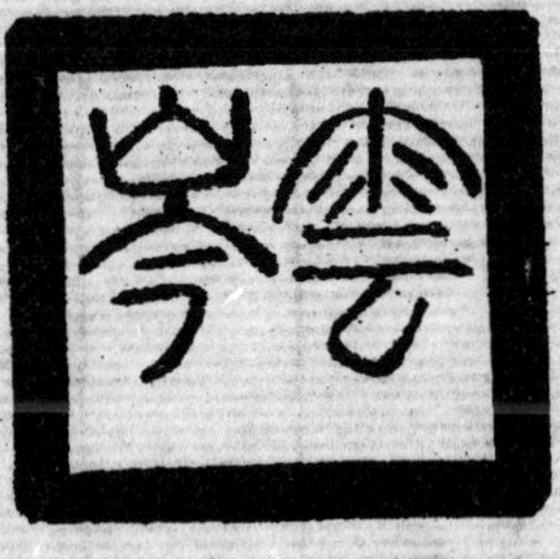

叙

嶽麓之有書院舊矣自我
皇上褒崇先賢表章理學
御書匾額肴賜日講解義及十
三經廿一史發蘭臺石室
之藏則山若增而高水若
濬而深亭臺草樹若卿雲
旉而澍雨注也湖南距
京師六千餘里
聖化光被多士雲蒸橫經鼓篋

驍驍乎劉魯之風焉西漢
元朔東京永平之盛蔑以
加矣夫也臣事
聖天子出膺民社之寄則以承
流宣化誕敷文教爲先務
若長沙郡丞趙君管亭之
志嶽麓庶幾哉知所先務
矣余覽之歎其叙次山川
鋪敶古蹟闡明道統擴摭
蓺文彬彬乎蔚蔚乎大觀

哉漢史稱董仲舒公孫弘兒寬居官可紀三人皆儒者通於世務以經術潤飾吏事天子器之蓋經術者經世之權輿也士大夫沉酣六籍蔓增孔孟則所望皆育聲績表見於當世何則被服爾雅訓辭深厚離俗而近於古也觀嶽麓之志則趙君之經術可覩矣

志發凡起例不忘創始之勞而新典首紀喬皇炳煥可以昭垂萬禩南軒考亭之所講習者將日新而富育其功於人心世教豈淺也哉夫志岱宗者昭山靈孕毓之奇志闕里者溯人文化成之本衡嶽七十二峰蜿蟺磅礴至麓而渟涵無盡厥鍾韙矣書院之所

縕結日星粲而瀟湘流於
尼山杏壇爲耳孫焉是志
之美殆非戔戔之說所能
揄揚也夫

賜進士傳臚翰林院檢討奉
旨纂修日講禮經解義明史
大清一統志
欽命貴州典試正主考前本院
庶吉士楚黃金德嘉拜譔

重修嶽麓志序

余重修嶽麓志既成或有詰余者曰嘗披覧輿籍凡名山大川之在境内者每有紀載之文足以傳世而行後焉豈徒俟聞見備遊觀之藉己乎余曰否否夫扶輿靈秀嘗鍾于山水而又有高賢名士登臨懸眺藏脩遊息於其中垂之奕禩得名衡山居五嶽之一七十二峯每有不可磨滅者况嶽麓以衡山

蜿蜒羅列而兹山名勝爲之冠亦猶泰山之有梁父嵩丘之有少室雖物不能兩大而附麗以並傳者必有卓犖殊特之人相爲表裏攷宋開寶九年郡守朱洞始創書院

咸平間詔以國子監書賜焉至乾道元年南軒張氏來主教事而紫陽朱子訪友星沙聚徒講學一時絃誦彬彬擬於洙泗厥後盛衰遞嬗不能更僕數自

丁大中丞下車以來見學舍荒蕪文
敎關畧遂捐俸庀材百廢具舉生
徒飈集景從考德課藝爲數百秊
所未覩亘復聞之於
上以請賜書旌額如盛宋故事余遂承

之佐郡鞅掌之餘手披舊志皆殘
缺不可讀遂旁搜廣輯得以成書
首紀學宮以及崇道尊經誠明敬
義諸祠宇成毀沿革歲月釐然至
于索峋嶁之字而平成之績可思

也覽赫曦之記而考亭之遺風猶在也登道鄉之臺知鄒正言以流寓著名而曩時之附勢逐客者身與名俱滅也尋三絕四絕之碑復嘆翰墨之流布不與荒烟蔓草共泯也他若仙釋之居與夫瀟湘之景亦列諸簡末俾探奇選勝者有所考稽而後此郡邑藝文之誌亦將於兹取裁也是書剞劂甫成荷蒙

皇上特賜宸翰并經史講義到院一時煌耀赫濯使往哲先儒重開生面豈非千古之殊遇與余不敏竊願登臨憑眺藏修遊息於其中者高山仰止景行行止而以紫陽諸大儒爲法不徒爲聞見遊觀之藉焉庶無負余緝續之惓惓也哉

旹

康熙二十六季歲次丁卯清和穀旦

湖廣長沙府清軍同知加二十二
級山陰趙寧撰

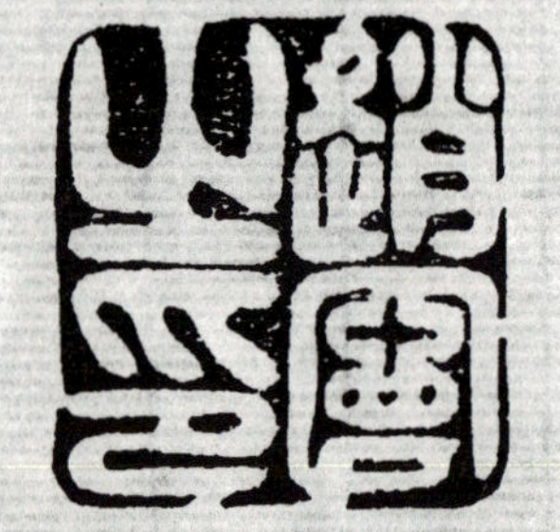

湘潭周聖楷嶽麓志原序

嶽麓者南嶽之足也嶽之有足猶天之有柱游之有間也八柱莫蒼靈之位尾閭通溟渤之氣麓山趾踴火之墟凡一受其形於高大而不能自還於昇小則必博厚淵深以造其極類固然矣然泰華嵩恒之麓何以無事稱蓋五嶽惟衡最遠而獸爲宗其鴻洞磅礴每勇多丘師綴步類屬王前之意今登麓山南指蒼梧西眺岷峨東俯塗山匡阜荒哉萬古渦乎其方來也而洞庭八百風濤日月復出沒几席之下羅含云遥望衡山如陣雲沿湘千里九向九背乃不復見使非有麓爲之吐煙納潤承援岡陵彼謝之首尾亦虛位焉耳安見其獨爲宗耶予友吳去非且導人見可先生謂群名通觸於史學少負其聲價轔轢諸子一不獲刻用於世而郎以其勝情高韻立乎文章山水之間郡監司以下造廬而請者匪朝久矣一旦慨然念麓山有志非山志也郡之形勝係焉非郡志也楚之文獻存焉於是攷其原流芟其冗複繪之以圖賜之以論

俾覽志者如身在禹碑藏室間不羨臥遊也俾登麓者如身在七十二峰之頂不費宿舂也庶幾咢巨靈之僊掌現阿閦之佛國者歟予因是而歎麓山之麓久無人焉古人觀於嶽而知其高於海而知其深有能會先生意旨所注而仰止道鄉之風雨立朝氣節可嘘而起撥尋元晦之水雪問學淵源可泳而及若夫射殺陶公之蟒蕭酌西山之酒摩娑北海之碑一登眺間而惠流澤沛與神禹功同鐫勒此誠達士之懸觀撫茲土者之奇績也即

不然而慕仙梁之高逸讀書院之遺篇真身有湖四絕有堂五嶽有樓箸筤有谷無不可以悟身世盛衰之故寓疆域同風之感而極高深之致者矣豈徒一丘一壑爭流競秀而已哉按麓山一名靈麓爲其能爲嶽而不爲嶽高卑大小無以目之故靈之也作志者其更有深思乎予不得而知之矣少日隱南嶽欲撰一嶽志藁成而棄去者再今幸得披先生之書而又不能遊去佛之請縱筆述所欲言如此耳湘潭後學周聖楷撰

明長沙吳道行嶽麓志原序

蓋自圖書興而載筆者繼起而上之國史次之輿地郡邑乘又次之埤諸紀錄水經山經咸足徵時論世供采刺而備周咨是以作者不輕而行者可遠也嶽麓神禹開疆朱張過化稱古今名勝而志之創也始於國朝正德學臺陳公訂於萬曆太守吳公若繙牘詮叙則古修陳先生崙其役於前大都重書院講學意而縣傳師彭先生詳其事於後討類頗寬廣竟亦因仍舊旨而差附以禹蹟城南

惜陰兩書院事校輯完帙勒成一家登之剞劂以信來兹百世而下其可不易矣遽今人文霞燦卷帙星陳兹志且零剝日遠索其舊部至黝黯不可識余愁焉傷之夫嶽麓名勝猶之乎昔也而稽嶽志者不無今昔之殊覩豈昔之剏始者姑識其端而今之傳採者欲竟其全歟夫欲竟其今之全而使昔之所剏闕沒不修亦吾黨一欠事也緣屬兒曹極意參稽余更衆原文刪其迂繁訂其訛謬挈大綱析欵類凡山水泉石亭臺館舍之屬簡細不

遺而又爲之修明文學標舉詞原旁收二氏以昭
揭於世其亦庶幾乎作者之意乎而行之若可遠
矣雖然志者志其迹也循其迹而無以遊宴忽窕
其迹而無以容言棄則表章書院所繇建繼懷勝
蹟所由顯余猶悠然有意乎其後之人也崇禎癸
酉季月長沙後學吳道行撰

陳鳳梧嶽麓書院原序

歸洞庭而南山益峻水益駛獻秀爭奇地與景迥
山之雄拔者爲衡嶽水之清徹者爲湘江若嶽麓
則卯嶽衡山之支而俯瞰湘流之滙實湖南一大
形勝也山川清淑之氣於是乎萃而書院建爲始
創者宋潭守朱洞繼之者建安劉珙而晦菴南軒
二先生相與講道於茲嶽麓之名遂以聞於天下
跡菴尋安撫湖南更建燹燬以待四方學者規模
宏潤條教詳明一時湖南道化之盛至比鄒魯所
謂學徒千餘人食田五十頃載諸碑刻不可誣也
世變滋久莽爲坵墟我朝弘治間通判陳鋼還重
建之而同知楊茂元協力表章始復其舊久之寖
議吳世忠撥郡長沙衛正闢邪陋規制弗稱議改
建於舊址之左時鳳梧適奉命督學其地力贊成
之乃命攸生陳論領書院事及行各學選取諸生
有志於學者若干人肄業其中仰止前修講明正
道庶幾一綫之不墜也而都指揮楊溥實專董其
役越二載鳳梧以叅政分守至則殿堂門觀煥

然一新兩廡齋舍有未備者乃發贖金付有司葺之期於大成切惟地以人勝人以道存海宇之廣名山異境爲藏修游息之所者不可勝紀而或艮焉無聞所寓非其人也嶽麓之有書院距今三百餘年屢廢復興益著不朽豈非朱張二先生道德人儒過化之地自有以興起人心於百世之下而不容已者乎況建置沿革山川形勝宦寓氏名與夫宮廬田畝之數古今題撰之文皆關係於書院之大者不有以志之則湮而無統後來者無所考

安知不由此而廢也顧惟論學議端敘乃以意授之俾集次焉而鳳梧遽以內艱歸矣今年秋論徒步千里謁予西郭草亭間出志觀之考據周洽益愜鄙意其尤有未瑩者復相與較訂俾適厥中而城南湘西二精舍亦附載焉論將持歸長沙付知府陸相指揮韓欽捐俸鋟梓置書院中於戲繼自今職守於斯者以時修葺毋視爲疣贅之區游息於斯者潛心實學毋假爲虛名之飾則志不爲徒而二先生之遺化雖與天壤俱敝可也鳳梧不敏

楓因序而致期勉之私云正德甲戌秋七月既望

後學陳鳳梧書

一書院自朱張紹述濂溪關明性學後之名臣碩儒遂多接踵是書院實乘嶽麓之靈而嶽麓又以書院顯也故茲編大指崇重書院以示高山仰止之意並但具圖經而資觴詠耳

一茲山遊覽篇什屢經兵燹文不足徵其可副名山者已極寥寥矣茲屬陶子再四旁求而五車難覓三篋無存實多舊聞闕畧之憾以故於後來者摭拾途寬不暇操繩尺以相進退矣

一舊志陳本已無從採訪今祇據吳本嘗刪其中舛錯原自不少况書冊歲久漶漫糢糊莫辨星沙兵燹之後玉軸牙籤盡歸烟莽藏函古籍難覓縹緗故雖與潙山昫子五嶽細爲讎勘而原書既非善本傳集又鮮旁搜魚魯尚多殊深遺憾金根豈乏敢俟後人

國朝藝文詩歌或壯遊　京闕或達宦他邦或徵懇再三而珠璣尚吝或剞劂已竣而金玉方投或棗桃淡藏遺編罔錄或雲亭無後舊著都亡故志中先後倒置登載闕如所不能免也博雅君子尚其鑒諸

同纂

長沙府知府楊威盛　常德府署府事同知孫調鼎

通判王　駿　通判馬翼鳳

寶慶府知府劉光業　岳州府知府李遇府

同知張文達　同知李鍾麟

通判余啓鷹　通判徐升貞

衡州府知府張乃英　永州府知府柯　弼

同知遲　端　同知盧　豫

通判李廷亮　通判施　清

辰州府署府事同知何永駿　直隸郴州知州陳邦器

通判羅拱宸　直隸靖州知州祝鍾賢

兩桂營參將俞章言

撫標都司僉書李　標

司輯

長沙縣知縣朱前詔　善化縣知縣王　京
湘潭縣知縣姜修仁　湘陰縣知縣唐象益
寧鄉縣知縣王錢昌　瀏陽縣知縣陳時夏
安化縣知縣吳兆慶　醴陵縣知縣賴超彥
益陽縣知縣郎　仲　湘鄉縣知縣王國棟
攸　縣知縣余三奇　茶陵州知州宜思恭
邵陽縣知縣王芝藻　新化縣知縣王國玉
城步縣知縣陳時臨　武岡州知州任進孝

新寧縣知縣田　俞　巴陵縣知縣王悖臨
臨湘縣知縣楊敬儒　平江縣知縣鹿廷瑄
華容縣知縣徐元禹　澧　州知州李廷樞
石門縣知縣黃　珩　慈利縣知縣胡公威
安鄉縣知縣王基舉　武陵縣知縣勞敬銑
桃源縣知縣汪　乩　龍陽縣知縣蔡　蔭
沅江縣知縣傾　智　沅陵縣知縣于廷弼
瀘溪縣知縣孔興祥　漵浦縣知縣袁丕基
辰溪縣知縣張廷燮　沅　州知州祖光佩

黔陽縣知縣于棟如　麻陽縣知縣黃志章

天柱縣知縣王復宗　會同縣知縣章潤商

通道縣知縣殷道正　綏寧縣知縣范成龍

衡陽縣知縣姚克欽　安仁縣知縣張　增

衡山縣知縣郭大定　耒陽縣知縣時　習

常寧縣知縣顧奕芬　酃　縣知縣黃文年

桂陽州知州洪承龍　嘉禾縣知縣呂方高

臨武縣知縣張聲遠　藍山縣知縣鄒　闓

零陵縣知縣王友直　祁陽縣知縣王永昌

東安縣知縣程雲翀　道　州知州吳大鎔

寧遠縣知縣李應期　江華縣知縣高　釤

永明縣知縣李月林　新田縣知縣遲維文

永興縣知縣王姬年　宜章縣知縣潘弘樹

桂陽縣知縣張　瓏　興寧縣知縣郭之祚

桂東縣知縣何喬雲